Die Schule der stillen Begegnung

Die Schule der
stillen Begegnung

Carolin Ruckert

Bibliografische Information der Deutschen Nationalbibliothek: Die Deutsche Nationalbibliothek verzeichnet diese Publikation in der Deutschen Nationalbibliografie; detaillierte bibliografische Daten sind im Internet über dnb.dnb.de abrufbar.

Autorin: Carolin Ruckert

Bild, Illustration & Gestaltung: Carolin Ruckert

Verlag: BoD · Books on Demand GmbH, In de Tarpen 42,
22848 Norderstedt, bod@bod.de

Druck: Libri Plureos GmbH, Friedensallee 273,
22763 Hamburg

ISBN: 978-3-7693-5045-6

INHALT:

Kapitel 1: Warten

Herr Eichel saß auf seinem Ast, auf dem er jeden Morgen die kräuterreiche Wiese nach Leckereien absuchte. Im Schutze des Baumes fühlte er sich sicher und reckte den Kopf weiter hervor. Wo war nur das Mädchen, das die letzten Tage die leckeren Erdnüsse vorbeibrachte? Herr Eichel beschloss, noch ein wenig zu warten – solange, wie sein hungriger Vogelmagen es zuließ.

„Für die Dinge, bei denen wir Gewissheit haben wollen, brauchen wir Evidenz", erklang eine Stimme. Das Laub raschelte bei jedem Schritt. Die Stille war jäh unterbrochen. Disharmonie mischte sich in das sanfte Geräusch der hängenden Blätter, die von den Ästen im Wind hin und her gewiegt wurden.

"Unumstößliche Fakten können wir nur durch hochwertige Forschung herausfinden. Alles andere ist Glaube.", untermalte die filigrane Hand und der Mann schritt entschieden voran. Neben ihm, oder eher unter ihm, versuchte eine kleine, eher rundliche Gestalt Schritt zu halten. „Und wenn man noch keine Evidenz für etwas hat?" fragte sie. Der große, schlanke Mantel blieb abrupt stehen.
Herr Eichel neigte den Kopf schief und strecke seinen Hals. "Dann kann es natürlich trotzdem wahr sein. Wir wissen es nur noch nicht. Oder aber es ist Quatsch – auch das ist möglich."
Die beiden ungleichen Gestalten schritten weiter und verschwanden in der Lichtung, nicht ohne eine gewisse aufgewirbelte Atmosphäre zu hinterlassen.

"Die Herren brauchen Evidenz, also müssen sie berechnen."

keckerte eine feine Stimme. Eichhörnchen Erwin hopste neben Eichel auf den Ast, der nun etwas chaotisch auf und ab wippte. Herr Eichel flatterte und fand sein Gleichgewicht wieder. "Ja, so ist es wohl." stimmte er ein. Erwin seufzte: "Aber für alles andere reicht das Spüren" Eichel nickte.

Da reckten beide Waldtiere die Köpfe. Ein leises Tapsen näherte sich. Das kleine Mädchen schien fast lautlos auf dem Laub daherzugleiten. Vor dem Baumstamm setzte sie sich nieder, atmete leise ein und aus und verharrte ansonsten völlig regungslos.

Herr Eichel hüpfte kurz vor Freude. Dann glitt er sanft hinab, kam wenige Meter vor dem Mädchen zum Landen und hopste vorsichtig näher, nicht ohne immer wieder mit schiefem Kopf zu prüfen. Da war sie, die Erdnuss. Überglücklich schnappte sein Schnabel, ein kurzer Blick in die Augen des Mädchens und auf und davon flog er. Erwin nutze den Moment, keckerte und kraxelte schnellen Schrittchens den Baum hinab. Das Mädchen lächelte, blieb aber lautlos und still. Erwin kam näher, hüpfte über ein Bein. Da war noch eine Nuss! Schwups huschte auch er in den Wald. Das Mädchen verschwand so still wie es gekommen war.

Kapitel 2: die Skatrunde

"Karl-Heinz, hey Achtung, Platz da!" Mit elegantem Gleitschwung landete Schwalbe Herbert neben dem grauen Senioren. Eichhörnchen Karl-Heinz blickte langsam von seinen Karten auf, die von dem Luftstrom Herberts ein wenig durcheinander geraten waren.

Karl-Heinz war das älteste Eichhörnchen im Wald. Wie viele Jahre er schon in der Baumhöhle, die einst einem Specht gehörte, wohnte, wusste niemand. Wenn er nicht gerade verärgert nach Nüssen suchte, die er doch ganz sicher an einer bestimmten Stelle vergraben hatte, die aber doch ganz sicher jemand geklaut hatte, hockte er gemütlich bei einer Haselnusskappe voll Himbeersaft in seinem Heim und spielte Skat. So behauptete er zumindest. Dass man Skat nicht alleine spielte und die Karten auch eher diesem Kinderspiel ähneln, welches sich wie Ufo anhörte, wunderte Schwalbe Herbert schon, aber letztendlich war das auch nicht so wichtig, fand er.

„Hey Karl-Heinz, hast du schon gehört?" piepste Schwalbe Herbert aufgeregt. „Hm", machte der Eichhornsenior. „Was denn?" „Käuzchen Zweistein war wieder bei seinem Lieblingsmenschen." Das Eichhörnchen sah auf: „So so. Und, hat er Neuigkeiten?" „Ja!" Herbert flatterte nervös hin und her und stieß dabei die Nusstasse um. Der Himbeersaft floss über den Boden, und das Seniorhörnchen blickte die Schwalbe mahnend an. Der Vogel flog auf einen Ast, wo er sich eh viel wohler fühlte.

"Zweistein sagt, sie haben schon mit den Versuchen begonnen. Lieblingsmensch setzt nun alles daran, Argumente gegen diese

Gräultat zu sammeln." Das Eichhörnchen schlug begeistert in die Pfoten. "Das ist gut", keckerte er, "Er wird aktiv! Hoffentlich wird er genug Argumente finden. Ärgerlich nur, dass diese anderen Forscher meinen, alles beweisen zu wollen, koste es was es wolle. Selbst vor lebenden Tieren machen sie nicht halt. Und jetzt sagen sie, es seien ja nur Mäuse. Und dann? Wer weiß, welche Ideen sie als nächstes haben."
Herbert flatterte auf und ab: „Ja genau! Aber Lieblingsmensch scheint sehr bemüht. Tag und sogar nachts steht er auf, klappt dieses Computerdings auf und schreibt dann etwas auf. Zweistein hat einiges mitbekommen. Er sagt, diese Grundlagenforschung, wie sie es nennen, sei gar nicht vorgeschrieben. Keiner muss sie machen, und niemand muss sie an Tieren durchführen. Die machen das nur, weil es mehr Anerkennung unter den Forschern gibt, und sie in berühmteren Zeitschriften ihre Ergebnisse veröffentlichen können. Aber es geht schon lange nicht mehr um das eigentliche Thema. Sie verändern immer nur Kleinigkeiten, dann wird es schon als veränderter Versuch bewertet, und sie können an neuen Tieren testen und wieder etwas veröffentlichen. So verdienen sie Geld und müssen sich gar nicht so viele Gedanken um neue Experimente machen.“
Die Augen des Senioreichhörnchens wurden kugelrund und groß. Er wippte von einem Bein auf das andere und spielte mit der Nuss in seinen Pfoten. Der Vogel fuhr fort: "Also diese Forscher aus der Grundlagenforschung, die wollen doch immer die Freiheit ihrer Forschung. Dabei sind sie so gar nicht frei in ihrem Denken. Einer plappert dem anderen nach und es ist wie ein großer Kindergarten, in dem jeder macht, was der andere macht, weil man zur Gruppe dazugehören will. Viele haben Angst, etwas komplett Neues zu machen. Dabei ist es doch genau das, was Forscher zu Forschern macht – etwas

Neues, nie dagewesenes zu entdecken. Zweistein meint, eigentlich seien manche von ihnen Forscher geworden, um genau das zu machen, frei und kreativ an neuen Projekten herumzutüfteln. Aber da es auch um Geld geht, damit die Forschung weitergehen kann, machen sie das, was schon immer alle gemacht haben. Und die, die das Geld spenden, die wollen sichere Ergebnisse. Lieblingsmensch hat aber auch herausgefunden, dass es immer mehr kreative und mutige Wissenschaftler gibt, die sich hinsetzten, alle anderen machen lassen und mal in sich gehen, um herauszufinden, was man denn noch so untersuchen oder entwickeln kann. Und dann machen sie ganz wundervolle Sachen – ganz ohne Tierexperimente. Manche forschen trotzdem an Tieren, aber nicht an Labortieren, die ihr Leben lang in engen Käfigen leben, um irgendwann getötet zu werden. Nein, sie untersuchen die Tiere im echten Leben. Früher hieß es, diese Versuche könne man nicht so gut vergleichen, wie exakt vorbereitete Experimente im Labor. Aber Lieblingsmensch meint, wenn man intelligent und vor allem kreativ genug ist, kann man gerade diese Forschung ohne Leid und im wahren Leben sehr gut durchführen und zu viel brauchbareren Ergebnissen kommen. Denn letztendlich wisse man ja gar nicht alle Einflüsse, die in das echte Leben hineinspielen, aber auch die muss man ja einbeziehen. Im Labor geht es nicht, im wahren Leben schon."

Karl-Heinz zog die Stirn in Falten. "Und was will Lieblingsmensch jetzt machen?" fragte er die kleine Schwalbe, die mittlerweile vor Aufregung ganz aufgeplustert war. "Er will selbst Experimente durchführen, aber eben ohne Leid. Außerdem meint er, dass Forschung alleine nicht alles sei, man müsse das Leben auch einfach spüren können." "Ja genau!"

nickte das Eichhörnchen und sah Herbert mit tiefem Blick an: "Sag Zweibein, dass dieser Wissenschaftler auch mein Lieblingsmensch werden könnte." "Das mach ich gerne." piepste Herbert. "Und jetzt Karl-Heinz, wie wäre es mit einer Runde Ufo?...äh Skat meinte ich natürlich!" Der Eichhornsenior strahlte auf: "Aber gerne, mein Lieber. Komm, flatter zu mir und wir spielen eine Runde."

Noch bis spät in den Abends hörte man es aus dem Baumstamm keckern und piepsen. Ab und zu flog eine kleine Schwalbe aus dem Loch, um wenig später mit einer Himbeere zurück zu kommen. Ab und zu, flog auch eine Nussschale aus dem Loch. Wie lange sie noch spielten, knabberten und Himbeersaft tranken? Vermutlich länger, als den anderen Waldtieren lieb war.

Auf einem Ast saß Zweistein, blickte in die Abenddämmerung und ließ seinen bekannten Abendruf erklingen: "Wuhuhuhuhuuuuu!"

Kapitel 3: Friede, Freude, Eierkuchen?

Zweistein flatterte aufgeregt auf und ab. Hoch oben auf der großen Lerche vor dem Forschungsinstut hatte er sich platziert und wartete auf den ihm bekannten Doktoranten, der heimlich das Fenster öffnete. Zweistein sah nun weiter unten die Haupttür des Instituts öffnen. Zwei anerkannte, weißhaarige Professoren glitten hinaus gefolgt von einigen jüngeren Wissenschaftlern, die sich aufgeregt gestikulierend unterhielten. Das war Zweisteins Zeichen. Wie jeden Mittwoch blieb der fleißige Doktorand länger, um noch ein wenig für seine Versuche zu recherchieren. So behauptete er jedenfalls gegenüber seinen Kollegen. In Wirklichkeit öffnete er, wie auch jetzt, das Fenster der Mäuseexperimenten-Einheit und wartete auf Zweistein. Elegant schwebte der Waldkauz durch die Luft und landete neben den verschränkten Armen des jungen Mannes, der die frische Herbstluft in seine Lunge einatmete.

"Ach Käuzchen", seufzte er. Dieser hüpfte aufmunternd auf und ab. Der Doktorand lächelte. "Weißt du, als ich hier anfing, war ich so hochmotiviert. Ich wollte Forscher werden, um den Menschen zu zeigen, wie gefühlvoll und sensibel Tiere sind. Zu viele Menschen denken immernoch, Tiere hätten keine Gefühle und nur der Mensch würde Liebe empfinden. Dabei sehen sie gar nicht, was um sie herum wirklich geschieht, dass Tiere mit ihnen Freundschaften schließen, freiwillig bei ihnen sind. Selbst ihr Wildtiere, ihr wollt zwar nicht immer etwas mit uns zu tun haben und das ist ok. Wenn ihr aber doch Interesse an uns zeigt, etwa wie du Zweistein, wenn du freiwillig meine Gesellschaft schätzt, da werde ich ganz demütig und dankbar." Zweistein ließ ein zustimmendes "Wuhuuu" erklingen. Der junge Mann fuhr fort: "Aber hier scheint keiner Tiere als sensible Wesen anzusehen. Sie sind nur Labortiere, an denen geforscht wird. Oft heißt es, es seien nur Mäuse, die lebten eh nicht lange und in der Natur würden sie doch auch getötet." Der junge Mann sah Zweistein an und redete weiter:"Da draußen und in der Nacht fängst und tötes auch du Mäuse,, das ist mir bewusst. Trotzdem ist das irgendwie ok." Zweistein sah den jungen Mann direkt an, "Ja genau", sagte er, "sie sind meine Nahrung, ich brauche sie und ich bin sehr dankbar, wenn ich durch das Leben einer Maus selbst leben kann. Ich kann dir nicht sagen warum, aber so ist unser Kreislauf und es ist ok. Wenn ich satt bin, tue ich den kleinen Tieren nichts an und das spüren sie." Der junge Mann nickte, "Siehst du, es ist etwas ganz anderes als das, was wir hier machen. Keine Maus verlässt das Labor lebend. Ob ihr Tod und ihr Leid aber anderem Leben hilft, das bezweifle ich mittlerweile so sehr. Ich habe dieses Institut extra ausgewählt, weil es hieß, sie erforschen das Verhalten von Tieren und dies würde dazu beitragen, das Miteinander von Mensch und Tier zu fördern. Aber sag, macht es wirklich Sinn, dass wir mit Labormäusen meditieren, bis sie uns vertrauen, um dadurch beweisen zu wollen, wie empfindsam sie sind? Warum kann man das nicht an Haustiere und außerhalb des Labors untersuchen? Und weißt du, was das schlimmste ist?" Zweistein legte fragend seinen Vogelkopf schief und lauschte. "Wenn die Mäuse uns vertrauen, dann bauen wir eine richtige Beziehung auf, ich zumindest. Einigen anderen Doktoranten geht es glaube ich nicht so, aber bei denen klappt es auch nicht so mit dem Meditieren. Wenn unsere Versuche beendet sind oder die Maus schon krank und alt, dann..." der junge Mann seufzte, "...dann müssen wir sie töten. Keine Maus darf das Labor verlassen, weil sie eine spezielle genetische Zucht für Forschungslabore sind. Das heißt, sie haben nie das warme

Sonnenlicht, den Hebstwind oder gar den Geruch von Erde kennen gelernt. Ihr ganzes Leben ist Leid und am Ende töten wir sie. Und glaub mir, wenn die Maus am Lebensende sogar einen Funken Lebensfreude durch unsere gemeinsame Meditation spüren, dann ist sie noch verwirrter, wenn sie getötet wird. Zweistein, es ist so grausam. Und weißt du, wie unser Professor dies rechtfertigt? Er sagt, er beabsichtigt, dass auch Forscher mitbekommen, wie sensibel Mäuse sind." Zweistein legte den Kopf auf die andere Seite und schnaubte, "So? Aber, wieso muss man das im Tierversuch machen? Die können doch auch einfach bei uns im Wald meditieren. Wir sind doch direkt vor der Tür?" Der Doktorand nickte: "Weißt du, ich vermute, es geht eher um etwas ganz anderes. Ich habe das Gefühl, es geht darum, um jeden Preis beweisen zu wollen, dass ihre Meditation funktioniert. Dann bekämen sie so richtig Aufmerksamkeit. Der Professor meint zwar, seine Absicht sei das Wohl der Tiere und solange die Absicht stimme, denn diese sei das Wichtigste, solange wird alles den richtigen Weg finden. Aber er sieht nicht, wie viele Menschen in vermeintlich guter Absicht schon Gräultaten vollbracht haben. Und wie gesagt, ich vermute es geht hier auch um Anerkennung."

Zweistein flatterte auf die Schulter des Doktoranten und gurrte in dessen Ohr: "Institut FFE...hmm...steht für Friede, Freude, Eierkuchen oder? Das passt irgendwie nicht zusammen. Sag mal, warum sind hier eigentlich in letzter Zeit so viele Bauarbeiter, die das Institut von Außen mit Watte verkleiden?" Der junge Mann musste zum ersten Mal schmunzeln. "Die Watte, die ist gegen den Wind, der immer heftiger gegen die Fassade bläst. Hast du auch bemerkt, dass sie noch ein bisschen Glitzer drüber gekippt haben?"

Der kleine Waldkauz verabschiedete sich von dem jungen Mann im weißen Kittel, der nun das Fenster der Experimentiereinheit schloss. Etwas schwerer als sonst fiel es ihm, da die Watte an der Außenwand etwas hinderlich war. Mit einem lauten Rums lies es sich endlich schließen. Dabei flog ein wenig Glitzer durch die Luft, welchen Zweistein mit den Flügeln nun aufwirbeltelte. Lautlos glitt er duch den Nachthimmel. Er wollte sofort zu seinem Freund Herbert, solange dieser noch wach war.

Kapitel 4: Leben ist mehr

Begleitet von einem Windwirbel schoss Zweistein durch das Loch im Scheunengibel und lugte mit seinen großen Kauzaugen in das halbrunde Nest im Holzbalken. Zwei winzige Äuglein blinzelten in die Nacht und ein kleiner Schnabel gähnte: "Wo kommt das ganze Glitzer her? Sag Zweistein, wo treibst du dich herum?" Die kleine Schwalbe lugte aus ihrem Nest und sah den Waldkauz fragend an. Dieser schüttelte sich, wobei noch mehr Glitzer herumwirbelte und sich auf, im und um das Nest von Schwalbe Herbert verteilte. "Na toll, herzlichen Dank du Glitzer-Kauz. Darfst gerne zum Putzen bleiben. Wo warst du denn nun?" "Beim FFEI." Herberr schaute verdutzt. "Was soll das denn sein?" Zweistein schüttelte sein Gefieder erneut. Das blöde Glitzer kitzelte ihn. "Beim Friede-Freude-Eierkuchen-Institut" "Ah!" machte Herbert "und was tut man da?" Zweistein holte aus und berichtete seinem Schwalbenfreund von den Treffen mit dem jungen Doktoranten, von den Tierexperimenten und von den Forschern, die nun mit Labormäusen meditierten, um sie danach zu töten. "Und wozu das ganze Glitzer?" Zweistein winkte ab: "Das, soll eigentlich nur ablenken."

"Wie kommen die überhaupt auf so Ideen, mit Labormäusen zu meditieren? Was für ein Quatsch." Zweistein nickte: "Der junge Mann meint, die Idee kam von seinem Professor. Der ist begeisterter Meditierender, allerdings an einem sehr seltsamen Institut." "Noch ein Institut?" "Hm ja, also eher eine Organisation, die Menschen das Meditieren beibringt. Da geht der Professor jeden Abend hin. Und da hat er wohl seine Idee her, nun mittels Forschung diese Meditation berühmt zu machen." Herbert zwitscherte empört: "Und dafür müssen

Tiere leiden? Nur weil sich Forschung so gut für Werbung eignet?" Zweistein räumte ein: "Ich glaube ja eher, dass sie Forschung hier zu einem falschen Zweck missbrauchen. Mein Lieblingsmensch ist ja auch Forscher. Ihm geht es aber eher darum, Wissenschaft für wichtige Fragen zu nutzen, bei denen es um Zusammenhänge in der Natur geht. Er möchte mehr verstehen und Forschung sei sein Messinstrument. Aber er sagt mir oft, dass man nicht alles mit Wissenschaft beweisen kann. Er betont auch immer wieder, dass sich Erkenntnisse ändern, widerlegt werden, dass man offen für Diskussionen sein muss und das das Leben noch viel komplexer sei. Darum findet er es so wichtig, das Leben an sich nicht zu vergessen." Herbert piepste: "Was meint er damit?" Zweistein gurrte: "Das Leben sei mehr als Messen und Wissen. Es sei auch Spüren und vor allem Begegnung." "Ahh", machte die Schwalbe, "Stille Begegnung! Ich verstehe. Lieblingsmensch ist scheinbar auf Wellenlinie mit uns Waldtieren. Aber jetzt, lieber Zweistein, ist auch mir nach Stille. Ich bin müde. Geh du nur auf Jagd, der Mond scheint heute hell, da wirst du Beute machen. Ach und bevor ich es vergesse, bring nicht mehr so viel Glitzer mit, das juckt ja ganz fürchterlich."

Bald schon war ein leises Schnarchen aus der Scheune zu vernehmen und durch die Nacht erklang ein melodisches "Wuhuhuhuuuu!"

Kapitel 5: Die Schule der stillen Begegnung

"Das ist es!" Lieblingsmensch klatschte vor Freude in die Hände, "Wir holen die Forscher aus den Laboren und in den Wald!" "Hä?", machte Zweistein und tapste auf einem Stapel Papier herum. Lieblingsmensch setzte sich wieder. "Wir könnten Stundenlang mit den Wissenschafrlern vom FFEI diskutieren. Ich sag dir, es würde nichts bringen. Sie lieben Diskurieren. Dabei verschwenden wir nur Zeit. Wir werden sie begeistern. Sie dürfen forschen, ja, aber unter freiem Himmel und mit euch Wildtieren um sich herum. Ich werde nicht mehr versuchen, mit Argumenten zu überzeugen. Ich weiß doch eh nicht die letzte Wahrheit. Aber hey, das sind doch Menschen! Sie sollten nicht ihr Leben wie die Labortiere hinter weißen Wänden verbringen, selbst wenn es nun Watte und Glitzer gibt. Lass sie uns begeistern, das Leben auf eine ganz andere Art zu erforschen. Ich könnte mir vorstellen, dass sich hierdurch auch die ein oder andere Sichtweise auf ihre Experimente ändert. Vielleicht auch nicht. Wir werden aber davon berichten und dann erfahren auch andere davon. Vielleicht wird dann klar, dass diese Meditier-Versuche an den Labormäusen unnötig und leidvoll sind. Vielleicht erkennt man, dass es mehr als nur einen Weg gibt, Menschen zu zeigen, wie sensibel Tiere sind. Wenn wir stille Begegnungen zwischen Mensch und Tier ermöglichen, völlig freiwillig für alle Beteiligten, dann können wir Wertvolles zum Leben beitragen, daran glaube ich."

Zweistein rieb seinen Schnabel an Lieblingsmensch. Dieser seufzte: "Wir nennen es *Die Schule der stillen Begegnung*." Das Käuzchen stimmte ein "Wuhu!" Da lächelte Lieblingsmensch, "Vielleicht wird dann auch dem Professor klar, dass Meditation nicht gleich Meditation ist. Schon lange ist mir sein

Meditationsinstut suspekt. Tempel für positive Gehirnwäsche heißt es, ich weiß ja nicht, ich würde um sowas einen großen Bogen machen. Vielleicht wird er merken, dass er diese Forschung gar nicht braucht und dass er das, wonach er sucht, genau hier bei Euch Tieren im Wald findet."
Zweistein gurrte: "Vielleicht. Vielleicht aber auch nicht. Ihr Menschen könnt kompliziert sein." Leiblingsmensch seufzte: "Du hast Recht. Aber egal was diese Wissenschaftler machen, das liegt in ihrer eigenen Verantwortung. Ich aber habe nun den tiefen Wunsch einen Raum zu geben für das, wonach sich Lebewesen sehnen, nach Begegnung, die berührt."

"Wie willst du es machen?" fragte Zweistein seinen Lieblingsmenschen. Dieser hielt kurz inne, wurde ganz ruhig und sprach: "Wir schreiben ein Buch mit Meditationsanleitungen und wir gehen mit Menschen raus in die Natur und meditieren mit euch Tieren. Mehr nicht. Manchmal reicht schon genau das."
"Ein Buch? Ich dachte, du gründest eine Schule?"
Lieblingsmensch schüttelte den Kopf: "Es braucht nicht noch mehr Wissen. Es braucht Geschichten die berühren und es braucht das Leben, das berührt. Wir wollen spüren und wahrgenommen werden. Vielleicht sucht dieser Professor deshalb auch nach Anerkennung? Wer weiß. Das mit der Schule, das ist nur der Titel des Buches. Eine Meditation habe ich gestern schon geschrieben. Soll ich sie dir vorlesen?"
"Gerne", antwortete Zweitein. "Danach darfst du sie aber auch gemeinsam mit mir ausprobieren. "Sehr gerne" lächelte Lieblingsmensch. "Nun denn, es geht los. Unsere erste Meditation ist die Sternenstaub-Meditation." Zweistein kicherte: "Nicht schon wieder Glitzer!"

Karl-Heinz das Eichhörnchen legte seine Skartkarten zur Seite. "Sag Herbert, und das soll ich dir alles glauben?" "Hm", machte Herbert. Das graue Eichhörnchen nippte an deinem Himbeersaft: "Das FFEI, der Professor, Meditation mit Labormäusen, das klingt doch total verrückt. Ist das alles wahr oder hast du dir das ausgedacht?" Die kleine Schwalbe pickte an ihrer Himbeere herum: "Mal so....und Mal so....Aber es ist schon unglaublich." "Das ist es" stimmte das Eichhörnchen ein. Da horchten sie auf. "Ist sie das?" Die kleine Schwalbe nickte. "Diesmal komm ich mit" keckerte Karl-Heinz. Leisen Pfotenschrittes und Flügelschlages verließen sie die Baumhöhle.

Das kleine Mädchen saß ganz still, horchte und spürte. Der Wind war mild. Ein Sonnenstrahl schien durch die goldgelben Blätter. Es roch nach Herbst. Sie atmete tief ein. Da vernahm sie ein leises, schnelles Kratzen hinter sich am Baumstamm. Das Geräusch kam den Baum hinab. Sie spürte es an ihrer rechten Hand kitzeln, samtweich und luftig. Ein kleiner grauer Schwanz streifte ihr Bein. Dann hüpfte das Eichhörnchen auf einen umgefallenen Baumstamm, ließ sich nieder und blinzelte dem Mädchen mit halbgeschlossenen Augen zu. "Mach bitte weiter, Mädchen" Sie lächelte still und machte weiter.
Womit sie weiter machte? Mit nichts bestimmten. Sie war einfach da und das Eichhörnchen war da und die Schwalbe über ihr und Herr Eichel kam nun auch dazu. Über ihnen hörte man ein sehr leises "Wuhuhuhuu..." gefolgt von einem zarten Schnarchen.

Die Schule der stillen Begegnung, sie ist überall, in einem Buch, einer Geschicht oder genau dort, wo wir gerade sind.

Kapitel 6: Neuanfang

Der junge Doktorand, welcher auf den Namen Hugo hörte, streichelte Zweistein über das Gefieder. "Ich habe gekündigt." Zweistein schaute fragend: "Kündigen, was ist das?" Der nun ehemalige angestellte des Instituts für Friede, Freude und Eierkuchen schaute etwas nachdenklich. "Wenn man sich trennt von dem Ort, an dem man arbeitete." "Ach", gluckste Zweistein, "Dann arbeitest du halt woanders, oder?" Der junge Mann seufzte: "Ja schon möglich. Aber dennoch, es fällt mir immer schwer zu gehen. Außerdem kann ich meine Doktorarbeit so nicht abschließen. Ich musste alle Unterlagen abgeben. Es war ja auch nicht alles schlecht, überhaupt nicht. Aber, es gibt eben Dinge, die kann ich mit meinem Gewissen nicht vereinbaren. Bei Tierversuchen, die nur dem Ehrgeiz eines scheinheiligen Professors dienen, da hört bei mir der Spaß auf."

"Hm, ich glaube, ich verstehe, was du meinst", surrte der kleine Waldkauz und zupfte sich das Gefieder zurecht. "Übergänge, auch wenn sie unvermeidbar sind, können schmerzvoll sein." Der Waldvogel spreizte die Flügel und streckte sich. "So ist es bei uns gerade im Wald. Weißt du, wenn der Herbst kommt, dann verabschieden sich die Blätter von ihren Farben, die Bäume von ihren Blättern, die Sträucher von ihren Beeren und manche Tiereltern von ihrem Nachwuchs. Wir haben uns das nicht ausgesucht. Es kommt einfach so über uns. Wir wissen nicht, was es mit uns machen wird, auch wenn wir den Kreislauf der Jahreszeiten kennen. Es ist jedes Mal anders. Auch wenn wir Waldgeschöpfe wissen, dass zum Leben der Wandel gehört, fällt doch auch uns der Übergang ins Ungewisse nicht immer leicht."

Der junge Mann strich seinem Lieblingskauz über den gefiederten Kopf. "So habe ich es noch nie betrachtet. Aber ja, es fühlt sich ähnlich an, wie der Kreislauf des Lebens. Ich grübel jeden Abend, was wohl jetzt kommem wird, aber kann es doch nicht vorhersagen." Das Käuzchen nickte: "Wir Tiere und auch die Pflanzen lassen dann los und lassen geschehen. Wir wissen, das ein Übergang genau dies braucht. Sag, wenn du, wie es so typisch für euch Menschen ist, nicht aufhören kannst zu grübeln, dann lass uns doch vielleicht mal wieder eine Runde meditieren?" Hugo lächelte:"Eine gute Idee Zweistein. Und ich weiß auch schon wie. Kennst du noch unsere Notfallmeditation?" Das Käuzchen hüpfte verzückt:"Na klar! Die ist voll langweilig! Aber sie wirkt! Zumindest bei euch Menschen!"

Kapitel 7: stille Berührung

Die letzten Sonnenstrahlen des Tages fielen durch die orange-roten Baumwipfel auf den weichen Waldboden. Das kleine Mädchen saß an einem umgefallenen Baumstupf gelehnt im Lotussitz. Die Sonne wärmte sie. Es roch nach Moos, nach Rinde und nach trockenem Laub. Im hellen Licht drehten die Schwebfliege ihre abendlichen Runden. Sie kitzelten dem Mädchen auf dem Kopf und flogen im Gesicht herum. "Hatschi" Sie schüttelte sich und war dann bemüht, wieder regungslos zu sitzen und nichts zu tun.

Plötzlich raschelte der Brombeerstrauch. "Bitte kein Wildschwein!", dachte das Mädchen, versuchte aber weiter so unsichtbar wie möglich zu bleiben. Weder ihr Körper noch ihre Gedanken sollten die Natur um sie herum beeinflussen. Sie wollte spüren und wissen, wie es sich anfühlte, ein Teil des Waldes zu sein. Alles schien aufeinander abgestimmt und miteinander zu reagieren. Sie blieb still, nicht wissend, worauf sie wartete.

Dem kleinen Reh ging es ebenso. Angezogen von einer friedvollen Athmosphäre war es durch den Wald gezogen. Dieser Abend schien besonders zu sein. Was war das? Da saß ein kleines Geschöpf auf dem Boden. So ein Tier hatte das kleine Reh noch nie gesehen. Es legte den Kopf schief. Ob es harmlos war?
Die Neugier ließ sich nicht bändigen. Das Licht, die Wärme, der Duft, das kleine Reh fühlte sich geborgen. Bevor es sich versah, lugte sein Kopf durch den Busch, dann sein Bein und plötzlich stand es mitten auf der Lichtung.

Beide Herzen pochten vor Aufregung, als sie sich in die Augen sahen. Sie spürten einander. Keiner traute sich, sich zu bewegen. Das Mädchen lächelte still, als das kleine Reh vorsichtig näher kam und mit langgestreckter Nase schnupperte. Dann wurde es ihm doch zu spannend. Es hüpfte mit allen vier Beinen in die Höhe und verschwand langsamen Schrittes wieder im Wald.

Kapitel 8: Nicht-Meditation

Lieblingsmensch sah zu seiner Tochter hinauf, die mit ihrer Kuscheldecke im Arm vor ihm stand und auf ihn hinabblickte. Ein wenig hatte er sich erschrocken, als die Tür seines Meditationsraumes mit einem schwungvollen Klacken aufging. Doch als er ein Tapsen hörte begleitet von leiseren Schritten, war ihm klar, wer heute früher als sonst wach war. "Willst du mit meditieren, Marie?", fragte er das Mädchen. Der dunkle Schatten vor ihm schüttelte den Kopf. "Ne, ich will hier nur bei dir sitzen." Und dann positionierte sie sich mit ihrer kuscheligen Decke vor Lieblingsmensch und schwang die Beine ebenfalls in den Lotussitz. Stille umgab sie. Die Katze lag vor ihnen und trat rhythmisch mit den Pfoten auf und ab.

Nach einer Weile hob Marie die Hand und hielt sie mit etwas Abstand über den Rücken der kleinen schwarzen Katze. Diese seufzte und streckte sich. Marie hielt nun beide Hände in der Luft, als wollte sie das Fell streicheln, ließ aber einen Spalt dazwischen frei. Nur die Wärme ihrer vierbeinigen Freundin war zu spüren. Sie atmete ein und aus und spürte. So saßen sie einfach eine Weile. Plötzlich zuckten die Muskeln der kleinen Samtpfote und sie streckte sich erneut mit einem langgezogenen Schnaufen.

"Marie, du meditierst ja doch!", flüsterte Lieblingsmensch. "Hm, neee, ich mache nichts bestimmtes. Ich fühle nur ein bisschen." und dann legte sie die Hände in den Schoß, ebenso wie ihr Vater und sie saßen einfach eine Weile zu dritt und machten nichts bestimmtes. Still war es. Der Atem kam und ging. Eine besondere Atmosphäre breitete sich aus. Katze Koki entspannte mehr und mehr und wurde ganz lang und schwer.

"Bim bim bim bim", der Wecker meldetet sich. Vater und Tochter streckten sich. Katze Koki blieb noch etwas liegen. "Nun aber auf, der Tag beginnt." sagte Lieblingsmensch.

"Darf ich heute mitkommen? Wir haben doch Ferien.", bettelte Marie. "Ach, ich weiß nicht, vielleicht. Es könnte langweilig für dich werden." "Das ist doch egal. Kann ich Tommi mitnehmen? Er interessiert sich auch dafür." Lieblingsmensch seufzte: "Wenn es sein muss. Aber wir reden nur. Wir machen nichts mit Tieren heute." "Egal", strahlte Marie und hüpfte in die Küche und holte die Hafermilch aus dem Kühlschrank.

"Na ihr zwei", begrüßte sie Monika mit einem Lächeln. "Was habt ihr denn schon so früh am morgen gemacht?" Lieblingsmensch, der auch auf den Namen Richard hörte, schmunzelte: "Wir haben heute nicht-meditiert."

Kapitel 9: Zurück in die Wissenschaft

Monika schaute interessiert auf den jungen Mann, der sich als ehemaliger Doktorand des FFEI und mit dem Namen Hugo vorstellte. "Mein Mann Richard hat schon viel von ihnen berichtet. Sie haben also am berühmten Forschungsinstitut die Wirkung von Meditation auf Mäuse untersucht?" Hugo nickte verlegen: "Bei uns waren es Mäuse, aber eine andere Abteilung wollte mit Ratten und später sogar mit den Hunden der Veterinärklinik weitere Versuche machen." Monika nickte: "Gut, dass sie jetzt hier sind. Es ist hilfreich, dass sie Einblicke ins FFEI erhielten. Meditatiosnversuche mit den Klinikhunden der Veterinäruni sagen Sie? Soweit wird es hoffentlich nicht kommen! Mein Mann meint, Sie suchen eine neue Stelle?" Der junge Mann nickte und schaute hoffnungsvoll die großgewachsene, schlanke Frau an, die ihn nun durch die dicken Brillengläser prüfend anvisierte. "Wir müssen natürlich schauen, wie wir unsere Versuche aufbauen. Eines ist klar, in meiner Forschungsabteilung herschen strenge ethische Richtlinien!" "Das freut mich sehr", warf Hugo ein und entspannte seine Schultern etwas. Sein Blick wurde hoffnungsvoll: "Wonach richten Sie sich denn?" Eine helle Stimme meldete sich nun. Tommy hielt sich bedekt hinter Marie und lauschte gespannt ihren Worte. "Meine Mama leitet die Abteilung für Tierverhalten hier am veterinärmedizinischen Institut. Sie darf bestimmen, was und woran geforscht wird, hauptsache, sie wirbt ausreichend Gelder für ihre Projekte ein. Ethik ist meine Mama sehr wichtig. Die Regeln hier im Institut gelten sogar bei uns zuhause." "Aha?" Hugo schien freudig überrascht "und du kennst sie auch?" "Na klar", lachte Marie, "sogar mein bester Freund Tommi kennt sie. Nicht wahr, Tommi?"

Der Junge mit den braunen, zotteligen Haaren nickte und traute sich nun, etwas beizutragen. Stolz zählte er auf:

"1. Wenn du etwas von einem Tier möchtest, frage es um Erlaubnis.

2. Möchtest du ein Tier anfassen, dann lass das Tier entscheiden. Wir haben eine Tierampel entwickelt. Nur bei grün, darfst du berühren.

3. Halte deinen Geist weit und offen, so dass du keinen Druck ausübst.

4. Kenne und beachte die Körpersprache des Tieres und sei dir deiner eigenen bewusst.

5. Wisse, dass Gefühle ansteckend sind.

6. Akzeptiere ein Nein.

7. Finde ein Ja, indem du nach Bedürfnissen suchst.

8. Lasse Erwartungen los."

Hugo bekam ziemlich große Augen. "Was schauen Sie denn so?" lachte Monika? "Das ist eine ganze Menge." räumte er ein, "Wie soll ich mir das alles merken, geschweige denn umsetzen?" Richard legte dem jungen Mann beruhigend die Hand auf die Schulter. "Keine Sorge", beruhigte er, "In der Umsetzung ist es kinderleicht!" Marie und Tommi nickten zustimmend.

Kapitel 10: Wendungen

Ein Windhauch zog durchs offene Fenster. Einige Blätter flogen durcheinander, als der kleine Waldkauz landete. Mit seinen scharfen Krallen hielt er eine gerollte Zeitung, die sich beim Aufprall auf das Fensterbrett entfaltete. Der kleine Vogel pickte mit seinem Schnabel auf das erste Blatt.

Monika nahm die Seite und blickte mit gerunzelter Stirn. Dann weitete sich ihr Blick. Sie nickte und überreichte ihrem Mann Richard das Blatt. "Sie schließen die Forschungseinheit des FFEI, an dem Hugo gearbeitet hat." Dann blickte sie den ehemaligen Doktoranden in die Augen: "Du hattest ein gutes Gespür Hugo. Eine unabhängige Ethikkommission hat sich die Unterlagen der Meditations-Tierversuche noch einmal angeschaut. Woher sie die Informationen haben, steht hier nicht. Aber vielleicht haben sich ja auch andere unwohl mit den Versuchen gefühlt. Wer weiß?" Hugo sah sehr erstaunt drein und schnappte nach Luft: "Die Einheit geschlossen? Wie ist das möglich? Es ging doch alles durch die Genehmigungsverfahren. Das.....das ist ja ganz unglaublich!" "Ja, das ist es", Monika nickte und legte die Hand auf Hugos Schulter und gab ihm den Zeitungsartikel. Hugo las angespannt: "Das gibt es nicht! Die Ethiker haben sich den Versuchsaufbau und die Meditationsmethode noch einmal angeschaut und sie hinterfragt. Dann haben sie noch einen Experten für Tierverhalten hinzugezogen. Kennst du ihn?" Monika nickte: "Ja, er ist wirklich ein Mensch mit Herz und Verstand. Ich bin froh, seinen Namen hier zu lesen. Bei nächster Gelegenheit werde ich mich mit ihm austauschen." Der junge Doktorand las weiter: "Sie sind zu der

Erkenntnis gekommen, dass die Meditationsmethode ein hohes Manipulationspotential hat und dass den Tieren keine freie Entscheidungsmöglichkeit geboten wird. Zudem bemängeln sie, dass mit den Tieren, die durch die Methode Vertrauen zum Menschen aufgebaut haben, weitere Versuche durchgeführt werden. Man hat herausgefunden, dass in ebendiesem Institut vor allem Forschung über physiologische und neurologische Abläufe im Körper untersucht werden. Standartmäßig werden hierfür Tiere getötet und danach ihre Körperteile im Mikroskop untersucht. Es ist kein Interesse ersichtlich, dass die Mitarbeiter dieses Instituts durch die Meditationsforschung mit den Versuchstieren ihre bisherige Forschung verändern würden. Die unabhängige Ethikkommission hat nun aufgrund eines Vertrauensbruchs zu dem uns bekannten Professor veranlasst, dass seine Forschungseinheit geschlossen wird. Versuche an Tieren sind ihm von hieran untersagt. Nun prüfen sie weiter, ob die anderen Abteilungen wirklich unabdingbare Versuche durchführen. Mittlerweile gäbe es Methoden, die vielversprechender seien und in die der wissenschaftliche Fokus fließen sollte."

Monika sah von Hugo zu Richard. Dieser seufzte erleichtert und lächelte: "Es tut sich doch was, wenn man nur daran glaubt und dranbleibt. Wirklich schön und das auf ganz legale Weise, ohne Protestaktion von Aktivisten oder erst im Nachhinein, wenn schon alle Versuche abgeschlossen und publiziert sind. Es wurde rechtzeitig gestoppt! Das stimmt mich wirklich ehrleichtert. Und es zeigt, dass unser neuer Doktorand ein gutes Gespür für Integrität hat.

Hugo sah erstaunt zu Richard. Dieser nickte: "Du hast richtig gehört. Es zählt nicht, was jemand sagt oder schreibt, noch wie viele Titel oder Errungenschaften er trägt. Es zählt, wie jemand Menschen oder in diesem Fall Tiere behandelt. Das ist Integrität und wir schätzen dies sehr! Du hast hiermit eine neue Stelle in Monikas Forschungseinheit. Menschen wie dich braucht die Wissenschaft und auch die Tiere brauchen dich. Gib ihnen eine Stimme, damit auch die sie hören, die ihnen nicht zuhören." Hugo wurde ganz still und senkte den Kopf demütig. "Danke" sagte er.

Ein leises Flattern lies die Zeitung zur Seite wehen. Zweistein landete auf der Schulter des jungen Mannes, der erschrocken zuckte, dann aber doch ganz still stehe blieb. Der Waldvogel blickte in die Runde und machte sein bekanntes "Wuhuhuhuuuuu!"

Kapitel 11: Hinschauen

"Wo sind eigentlich Marie und Tommi?" Richard sah erschrocken zu Monika. Diese lächelte beruhigend. "Ich kann mir vorstellen, dass sich die beiden ein bisschen gelangweilt haben. Vermutlich sind sie dort, wo Marie immer hingeht, wenn sie mich auf der Arbeit besucht. Richard sah seine Frau fragend an. "So? Warum weiß ich davon nichts?" Monika zuckte mit den Schultern: "Komm mit. Hugo, du kannst auch gerne mitkommen. Dann siehst du gleich schon einen Teil unserer Fakultät und bekommst ein Gefühl für unsere Forschung. Folgt mir, aber bitte ganz leise und unauffällig!"

Zweistein erhob sich flatternd von Hugos Schulter und verschwand durch das geöffnete Fenster. Die drei Wissenschaftler verließen leisen Schrittes das Gebäude. Vorbei an den Pferdeställen der chirurgischen Veterinärklinik, aus denen ein Gemisch aus Pferdehaar-, Mist- und Jodgeruch strömte, schlenderten sie weiter Richtung Rinderklinik. Zwei kleine Kälbchen standen mit einer Mutterkuh im Auslauf und sahen interessiert zu den Menschen. Die Schwänze der beiden Kälber zuckten aufgeregt hin und her. Entlang des Anatomischen Instituts, einem historischen Gebäude, schlängelte sich der verwinkelte Weg vorbei an alten Betonbauten, die eher zweckmäßig erschienen. Zwischendrin ragte ein fast monströs wirkender Neubau im Glanze des Sonnenlichts empor. Kleintierklinik stand auf dem Schild. Sie bogen um die Ecke auf einen kleinen Hinterhof zu. Monika öffnete vorsichtig eine alte Metalltür. Sie

betraten einen Bereich mit Hundezwingern und kaltem Betonboden. Grau, steril und wenig einladend war es hier. Dennoch
kamen ihnen drei außerordentlich freundlich und fröhlich wir-
kende vierbeinige Gestalten entgegen und schnüffelten an den
Besuchern.

"Das sind unsere Klinikhunde. Sie werden gehalten als Blut-
spender für Patientenhunde oder zum Üben für die Studenten." Hugo schaute erschrocken: "Operiert man auch an
ihnen?" Monika schaute betrübt: "Für gewöhnlich nicht. Aber
manchmal gibt es doch Wissenschaftler, die kleine Eingriffe,
welche aber nicht von dauerhafter Einschränkung sind, in Nar-
kose durchführen. Was mich aber eigentlich betrübt sind die
Haltungsbedingungen. Bis heute haben wir noch nicht genug
Fördergelder, um ihnen eine ihrem Wesen angemessene Be-
hausung zu bieten. Die Zwinger stammen noch aus Zeiten, als
man nicht so sehr um das Wohl unserer lieben Vierbeiner bemüht war. Was ich aber sehr begrüße, dass täglich Studenten
herkommen, um sich um ihren Patenhund zu kümmern. Sie
streicheln, gehen über das Klinikgelände spazieren oder spielen mit ihnen. Einige von ihnen können unsere Fakultätsbeagle
nach einigen Jahren adoptieren. Das sind wahre Glücksmo-
mente für die Hunde aber auch für uns Mitarbeiter. Was mir
aber noch am Herzen liegt, sind die Umgangsformen, die Richard und ich mit Tieren pflegen. Wir möchten, dass diese Ein-
zug in den Studentenunterricht erhalten." Der junge Mann
schaute interessiert. Monika fuhr fort: "Als ich noch studierte
banden wir die Hunde noch fest, um sie zu untersuchen. Das
ist heutzutage glücklicherweise nicht mehr so. Es gibt Techniken, wie die Tiere bei Untersuchungen möglichst sicher, aber

auch sanft gehalten werden. Wenn dann aber zehn Studenten hintereinander lernen, wie man ein Otoskop in ein Hundeohr einführt und das empfindsame Wesen immer mehr verspannt und winselt, sind wir noch nicht da, wo wir hinwollen. Die Bereitschaft ist da, das Interesse ist da, gerade hier bei uns an der tiermedizinischen Universität. Ich werde nicht müde, meinen Studenten mitzuteilen, dass jeder einzelne von uns das Wohl der Tiere verbessern kann und, dass wir auch Neues entdecken können. Es ist verwunderlich, dass heutzutage gefordert wird, Tierärzte sollen mehr betriebswirtschaftlichen Unterricht erhalten, damit sie später rentabler ihre Praxis führen können und auf der anderen Seite der Umgang mit dem Patienten Tier so wenig Beachtung findet. Daran arbeiten wir bei uns im Institut. Wir bringen den Studenten die Körpersprache der einzelnen Tierarten bei. Kaum zu glauben, aber das war bisher nicht fester Teil des Unterrichtsplans. Die jungen Absolventen gehen dann von der Uni in die Praxis oder Klinik und wissen gar nicht, wie sie mit Hund, Katze, Pferd, Rind oder dergleichen umgehen sollen. Sie wissen, welche Untersuchungen sie durchführen wollen, welche Krankheiten sie vermuten, aber ohne Kenntnisse über Tierverhalten oder Einfühlungsvermögen, kommen sie nicht weit. Sie wollen sich aber oft die Blöße vor den Tierhaltern nicht geben und dann behandeln sie die Vierbeiner so, wie sie es irgendwie im Laufe des Lebens gelernt haben, der eine wirklich einfühlsam, der andere eher planlos." Richard schob ein: "Und was in der Tierwelt an sich noch gar keine Beachtung findet, obwohl es viele intuitiv spüren, ist, dass unsere geistige und körperliche Haltung Einfluss auf das Tier hat. Hier hat ja auch der uns bekannte Professor vom FFEI angesetzt. Die Idee ist an sich nicht schlecht. Was uns aber wichtig und unabdingbar ist, dies mit einer Ethik am Tier zu verknüpfen. Tja, und so haben wir wirklich eine Menge zu erforschen, wenn wir das Handling am Tier mit Tierverhalten, Ethik und Meditation verbinden wollen." "Ich verstehe langsam", nickte Hugo, "und das macht für mich Sinn. ich bin froh, die schwere und unsichere Entscheidung getroffen zu haben, das FFEI zu verlassen. Das hier fühlt sich nach meinem Platz an, auch wenn es nicht so weich ist und es nicht an jeder Ecke hübsch glitzert." Er strich mit der Hand über die kühle, graue Betonwand und bekam eine leichte Gänsehaut. Neben seinem Bein jedoch klopfte ein Hundeschwanz. Hugo lächelte und ließ den kleinen Beagle an seiner Hand schnuppern. "Eure Tochter und ihren Freund haben wir aber auch hier nicht gefunden." wandte er sich dann verdutzt an die zwei Forscherkollegen.

"Doch doch!" versicherte Monika und lächelte. Mit ihrem Finger deutete sie auf die hinterste Ecke in einem Zwinger. Dort saßen ein junges Mädchen und ihr bester Freund auf dem kühlen Betonboden. Auf jedem Bein lag ein Hundekopf mit halb verschlossenen Augen. Die Gliedmaßen entspannt auf dem Boden ausgestreckt schienen die Klinikhunde die Anwesenheit der beiden Kinder zu genießen. Das kleine Mädchen hielt ihre Hände wie zum Schutz mit etwas Abstand über den Rücken des einen Beagles. Nichts passierte. Es war still. Dann seufzte dieser, sein Bein zuckte und er streckte sich, um dann nur noch tiefer in die Entspannung zu gleiten.

Hugo schaute fast sehnsüchtig und sichtlich berührt zu den Kindern und den Hunden. "Das hier ist keine Universität mehr! Dies ist eine Schule der stillen Begegnung! Ich darf Teil hiervon sein. Ich weiß gar nicht, was ich sagen soll. Ich danke Euch!" "Wir danken dir", sagte Richard und Monika nickte. Dann setzten sie sich ebenfalls auf den wenig einladenden Boden und wurden still. Kalte, feuchte Nasen schnupperten in ihren Gesichtern. Eine kleine Pfote legte sich auf Hugos Bein, dann der Kopf und schließlich der ganze Oberkörper. "Du bist ganz schon schwer, mein kleiner Freund" lachte Hugo leise. Dann merkte er, dass ihn zwei dunkle Augen tief anblickten. Hugo vergaß beinah zu atmen, so berührt war er. Dann nahm er sich zusammen, ließ es zu, atmete tief ein und entspannte. Es war nicht leicht, denn immer wieder überkamen ihn starke Gefühle. Doch das kleine Wesen, welches nun die Augen sanft schloss und den Kopf ablegte, ließ ihn stillsitzen. Zu Kostbar war dieser Moment.

Kapitel 12: Wissenschaft aus Mitgefühl

Schwalbe Herbert zupfte sich das Gefieder zurecht und nippte an seinem Himbeersaft. Dann schüttelte er sich, so dass sein Gefieder wieder aufplusterte. Eichhörnchen Karl-Heinz knabberte auf seinem Eichelbecher herum, wobei ein wenig Himbeersaft hin und her schwappte. Wo blieb nur Zweistein? Die beiden Waldtiere warteten sehnlichst auf die Nachrichten des Waldkauzes. Gab es Neuigkeiten von der tiermedizinischen Universität, an der Zweisteins Lieblingsmensch nun gemeinsam mit dem jungen Doktoranden Hugo die Studenten unterrichtete? Beim letzten Besuch hatte Zweistein geschildert, dass es einen neuen Kurs in Tierverhalten gab, den Professorin Monika unterrichtete. Ihr Mann und der junge Doktorand hielten hingegen einen für Studenten freiwilligen Kurs, in dem sie über ihre aktuellen Forschungsprojekte über das Meditieren mit Tieren berichteten und den Studenten die Techniken der Forschung beibrachten. Der Kurs hatte schnell reges Interesse geweckt. Der Hörsaal war jedes Mal bis auf die letzte Reihe gefüllt. Wissenschaftliches Recherchieren, Schreiben, korrektes Zitieren gehörte gleichermaßen dazu wie ethische Fragen. Hierauf legten sie großen Wert, denn sie waren der Meinung, dass der ethische Rahmen vor jeder Forschungsfrage festgelegt werden musste. Daran orientierend konnte dann alles weitere ausgerichtet werden. Das absolute Highlight des Kurses waren aber die praktischen Einheiten. Dann gingen Richard und Hugo mit den Teilnehmern in den nahe gelegenen Wald, meditierten, diskutierten, meditierten erneut und diskutierten dann wieder. Manchmal gesellte sich ein Waldtier zu ihnen. Dann wurden alle ganz still und waren einfach nur da oder übten die Meditation der stillen

Begegnung.

"Wuhuhuhuuuuu", ertönte es aus der Ferne. Der Eichhornsenior und die kleine Schwalbe horchten auf und hielten inne. Ein Zeit lang war es wieder still. Dann hörten sie leisen Flügelschlag und mit einem Windhauch, der einen Becher Himbersaft auf dem Boden verteilte, schoss Zweistein hinein in das Baumloch, an dessen Rahmen er sich mit den kräftigen Krallen festhielt. Er schüttelte sein Gefieder. "Kein Glitzer mehr, wie schade!" grinste Karl-Heinz. "Witzbold" lachte der Waldkauz. Schwalbe Herbert hüpfte auf und nieder: "Was gibt es Neues?" Zweistein atmete durch: "Och, nicht viel. Man könnte sagen, es ist unaufregend. Die Studenten sind so konzentriert auf die neuen Fächer, dass sie keine Zeit für Hektik haben. Sie sind wirklich voll bei der Sache." Karl-Heinz und Herbert blickten fragend. Zweistein lachte: "Naja, für die Studenten ist das Thema Meditation und Tierverhalten ein komplett neues Thema. Die Verbindung von Wissenschaft und praktischer Erfahrung ebenso. Aber mit Aufregung oder ambitionierten Plänen kommt man nicht weit, so sagt es zumindest unser Lieblingsdoktorand. Also bringt er seinen Studenten das forschende Lernen bei." "Hääää?" machte Schwalbe Herbert, "Das verstehe ich nicht." Zweistein musste erneut lachten: "Unser Lieblingsdoktorand ist zu der Erkenntnis gekommen, dass Menschen eine Tendenz dazu haben, in allem einen Nutzen finden zu wollen. Finden sie eine neue Technik oder machen neue Entdeckungen, dann steht immer die Frage im Raum, was ihnen das bringen kann. Doch dabei bleibt ein Raum verschlossen." Karl-Heinz streckte seine Eichhornnase: "Und das wäre was für ein Raum?" Zweistein schaute in den dunklen Nachthimmel: "Der Raum der

Erfahrung. Nur wer absichtslos und unvoreingenommen ist, kann diesen Raum wahrnehmen und nur so gelingt ein Lernprozess beim Forschen. Nur so kann Neues erfahren werrden. Es ist notwendig loszulassen, geschehen zu lassen und nicht zu wissen ob oder was als nächstes passiert oder auch eben nicht." Herbert legte sein schwarzes Vogelköpfchen schief: "So machen wir es eigentlich auch im Wald." "Ja genau", stimmte der Waldkauz zu, "Die Menschen gehören ja auch zur Natur. Sie gehören zu uns. Nur fällt es ihnen manchmal schwer, dies zu erkennen. Auf der Suche nach einem Sinn oder nach einem Nutzen, geht an ihnen so manch ganz besondere Moment vorbei. Sie wollen so viel wissen, aber das Nicht-Wissen oder NOCH-nicht-Wissen hat auch seinen Zauber."

Der Eichhornsenior schaute fragend: "Menschen sind aber schon irgendwie eigenartig. Mit ihrem Denken scheinen sie manchmal irgendwie weit weg vom Leben zu sein." Zweistein nickte: "Tja, sie können eben mit ihren Gedanken zeitreisen, mal in die Vergangenheit, mal in die Zukunft. Wir können das zwar auch, aber nicht so komplex und nicht so weit wie sie, da sind sie echte Spezialisten. Unser Lieblingsdoktorand meint aber, dass es trotz eines genialen Geistes darauf ankommt, verbunden mit dem Leben zu bleiben. Darum macht er mit den Studenten Übungen, wie sie ins Spüren kommen, um dann Körper, Geist und Seele, wie er es nennt, zu vereinen. Dann könne man richtig gute Forschung machen, also sozusagen eine Wissenschaft aus Mitgefühl ermöglichen." Die kleine Schwalbe flatterte auf. Dann flog der Vogel aufgeregt im Kreis: "Das klingt toll, ja, richtig toll!" Doch plötzlich stutzte er und bremste abrupt. Der zweite Becher Himbeersaft ergoss sich auf dem Boden des Baumlochs. Karl-Heinz seufzte. Zweistein sah verzückt auf den verlockend riechenden roten Saft, welcher langsam dahinfloss. Er senkte den Kopf und nippte. "Gut, wirklich gut! Ich sollte Skat lernen, dann kann ich auch diesen leckeren Saft mit euch trinken." "Ähem" räusperte sich die kleine Schwalbe: "Was ich mich frage: Brauchen die Menschen überhaupt Wissenschaft? Wenn sie doch alles erleben können, wozu müssen sie messen und beweisen?" Zweistein hörte enttäuscht auf am Himmbeersaft zu nippen. So etwas Leckeres hatte er schon lange nicht gekostet. Vielleicht konnte er gleich nochmal nippen?"Nun ja, sie sind so gut im Denken und auch im Fantasieren, dass manch einer Sachen erzählt, die vielleicht gar nicht wahr sind. Oder jemand gibt vor, etwas sei so oder so, nur um einen Vorteil hieraus zu ziehen, dabei stimmt es gar nicht. Und dann spielt ihre Fantasie auch mal verrückt. Früher glaubten Menschen zum Beispiel, böse Geister hätte eine ansteckende Krankheit über sie gebracht. Wissenschaftler konnten aber herausfinden, dass kleine Bakterien oder Viren hierfür verantwortlich sind und sie können auch mit ihren Messmethoden herausfinden, welche Maßnahmen hiergegen schützen. Aber so einfach ist auch das nicht, denn jedes Ergebnis ist immer nur ein Teil einer Wahrheit. Das Leben ist auch für die Forscher ziemlich komplex. Aber ich kann euch sagen, auch den Tieren kommt diese Forscherei manchmal zu Gute." Die Waldtiere blickten gespannt. Zweistein fuhr fort: " Monika ist ein gutes Beispiel. Mit ihrer Forschung fanden sie und ihre Kollegen heraus, was Tiere brauchen, um zufriedener zu sein. Hierfür ist Wissenschaft wirklich hilfreich." Schwalbe Herbert flog auf und ab: "Ja, das finde ich gut." Der Waldkauz sprach weiter: "Eine Sache habe ich noch zu berichten. Danach würde ich gerne einfach nur bei Euch sitzen und in die Nacht hinausschauen."

Die Skatpartner nickten. "Also, Hugo bringt den Studenten auch bei, die richtige Frage bei ihrer Forschung zu stellen. Er meint, wenn man so etwas wie Meditation untersuche, könne man nicht direkt irgendwelche Effekte messen oder vergleichen. Das, was beim Meditieren, ob alleine oder mit Tieren durchgeführt, passiere, sei so individuell, dass es schwer vergleichbar wäre. Aber er sagt, man könne sehr wohl die Frage stellen, ob sich etwas ändert. Und dies probieren die Studenten gerade selbst aus. Sie fragen sich, wie fühlt es sich im normalen Alltags-Modus an und verändert sich etwas, wenn sie meditieren? Das dokumentieren sie dann. Außerdem filmen sie, wenn sie mit Tieren meditieren. Sie wollen nicht zeigen, DASS etwas bestimmtes passiert, sondern sie wollen herausfinden, OB sich etwas ändert. Etwas beweisen zu wollen, sagt Hugo, sei eigentlich keine richtige Forschung. Sowas machen nur Leute, die Wissenschaft für einen Zweck nutzen wollen. Wahre Erkenntnisse entstünden hingegen, wenn man an die Wissenschaft genauso herangehe, wie in der Meditation, absichtslos und offen."

"Ah ha!", machte Herbert, "Ist mir aber eigentlich egal. Wenn das gut ist, sollen sie machen. Ich bin nur beruhigt, dass dieser Quatsch mit dem Friede-Freude-Eierkuchen-Institut aufgehört hat. Wissen wir eigentlich, was die ehemaligen Wissenschaftler des Instituts jetzt machen?" Zweistein nickte: "Nun ja, ganz sicher weiß ich es nicht. Als ich neulich herumflog, ging dieser Professor in seinem dicken Wattemantel mit den Glitzerbommeln gekleidet gerade über die Straße zu seinem Meditationsinstitut. Ihr wisst doch noch, der Tempel für positive Gehirnwäsche." Die Tiere nickten. "Ich habe von Ratte Moki gehört, dass er mittlerweile noch häufiger dort ist. Das mit den Tieren ist ihm aber zu kompliziert. Er setzt nun auf Wissenschaft mit Menschen. Diese seien leichter zu manipulieren und daher gut für seine Untersuchungen geeignet." Die Tiere schüttelten sich: "So ein Quatsch!" stimmten sie überein. "Aber", meinte Zweistein, "Was können wir machen? Manche Menschen sind so und sie wollen genau das. Wir können nur hoffen, dass sie damit keinen Schaden anrichten. Umso hoffnungsvoller ist dann aber die Wissenschaft der jungen Tiermediziner. Wenn sie Herz und Verstand in ihrer Forschung vereinen, dann können sie wirklich Gutes tun. Dann haben so verrückte Ideen wie positive Gehirnwäsche einfach keinen Platz mehr, da sie absurd werden. Dafür ist Wissenschaft auch gut."

"So viele Worte", flüsterte nun Karl-Heinz, "Wollen wir mal für heute zufrieden sein? Es ist Vollmond. Lasst uns gemeinsam den Abend genießen!"

Sie reihten sich vor dem Loch des hohen Baumes auf. Die kühle Nachtluft kroch ihnen unter das Gefieder oder das buschige Fell. Der Wind blies leise durch die Bäume, an denen noch ein paar Blätter hingen. Der Mond schien hell durch die Wipfel. Zweistein stimmte ein leises "Wuhuhuhuuuu". Schwalbe Herbert gruselte die Nacht. Daher beschloss er, heute bei seinem Freund zu übernachten. Dieser hingegen lag bereits leise schnarchend neben dem Gucklock. Eine Fledermaus flog vorbei, doch nur Zweistein sah sie und grüße leise zurück. "Was für eine fantastische Geschichte" murmelte er in die Nacht. "Aber unterhaltsam" kam es zurück.

Kapitel 13: Die Schule der stillen Begegnung

Der Duft der Herbstblätter vermischte sich mit dem frühen Nebel, welcher noch vor dem Wald hing. Kaum wahrzunehmen schritt die kleine Menschentraube langsam voran. Einen Fuß vor den anderen setzend, ruhig atmend und mit allen Sinnen geöffnet betraten sie den Waldweg. Sie gingen über das feuchte Laub, was kaum hörbar war. Die Tiere des Waldes nahmen die Menschen dennoch wahr. Es war still. Alle waren gespannt, die Menschen wie die Tiere. Auf der Waldlichtung legten sie die gut gepolsterten Kissen nieder und setzten sich regungslos hin, ein jeder an seinen Platz. Dann nahmen sie wahr. Nicht-Meditation stand heute auf dem Stundenplan der Schule der stillen Begegnung.

Nichts geschah und das für eine spürbar unendlich lange Weile.

Da absolut nichts zu passieren schien, entspannte sich das kleine Kaninchen. Kein auf seinen Körper gerichteter Geist, welcher sich gleich auf es stürzen würde, war zu spüren. So traute es sich hinaus und hoppelte vorsichtig vorbei an einer Gestalt im weißen Kittel. Dann sprang es über das Bein eines jungen Mannes. Vor einem Himbeerstrauch saßen zwei Kinder und schauten das kleine Wesen an. Kurz blieb das Kaninchen stehen, schnupperte in die Luft und spürte erneut. Dann entschloss es, dass es ok war und reckte sich zu den verlockenden Beeren. Die Kinder atmeten sanft durch und verharrten regungslos.

Plötzlich schoss das Kaninchen mit einem Sprung in die Höhe und verschwand im Dickicht. Ein rhythmisches Tapsen und Schnaufen war zu vernehmen. Alle Menschen blieben still und nahmen weiter wahr. Das Tapsen wurde lauter, wie auch das Stöhnen. Doch plötzlich hielt der Jogger inne, schaute in die Runde und lachte laut. Der Wald blieb still.

"Was ist denn hier los? Wer seid ihr? Eine neue Sekte im Laborkittel?" Der sportlich gekleidete und verschwitzte Mann kicherte: "Oder wieder so eine neue Gruppe Sinnsuchender in Mitlifekrise? Lasst mich raten, ihr habt für das Herumsitzen einen Haufen Geld bezahlt?" Richard konnte nun ein Grinsen nicht unterdrücken. "Wir sind Wissenschaftler" flüsterte er dem Jogger zu. Dieser schaute nun vollends verblüfft. "Sachen gibts", sagte er, " Na gut, so ein verrückter gemischter Haufen wie ihr, das können nur Spinner oder Wissenschaftler sein." Er grinste und wollte gerade zum Weiterlaufen ansetzen, da schaute Tommi ihn an und sagte etwas lauter, da die Stille gerade sowieso unstill war: "Kommen sie doch dazu! Machen sie mit! Wann haben sie schon die Gelegenheit, bei einem einmaligen Forschungsprojekt dabei zu sein?" Der Mann mit den Sportschuhen zuckte mit den Schultern: "Warum nicht? Na gut." Monika holte eine Decke aus ihrem Rucksack und reichte sie ihm. Er setzte sich nieder. "Und jetzt? Was muss ich tun?" "Nichts!" Lächelte der junge Mann im weißen Kittel, ein Mitarbeiter der Kleintierklinik, der spontan von dem Ausflug erfahren hatte. Zeit zum Umziehen hatte er nicht gehabt und so saß er im weißen Gewand auf einem Kissen mitten im Wald. Der Jogger neben ihm schaute verdutzt, aber irgendwie merkte er, dass dies ein ganz besonderer Moment werden könnte.

Herr Eichel saß auf seinem Ast, auf dem er jeden Morgen die kräuterreiche Wiese auf Leckereien absuchte. Im Schutze des Baumes fühlte er sich sicher und ragte den Kopf weiter hervor. Wo war nur das Mädchen, was die letzten Tage die leckeren Erdnüsse vorbei brachte? Herr Eichel beschloss, noch ein wenig zu warten, solange eben, wie sein hungriger Vogelmagen es zuließ.

Eichhörnchen Erwin hopste neben Eichel auf den Ast, der nun etwas chaotisch auf und ab wippte. Herr Eichel flatterte und fand sein Gleichgewicht wieder.

Da reckten beide Waldtiere die Köpfe. Ein leises Tapsen näherte sich. Das kleine Mädchen schien fast lautlos auf dem Laub daherzugleiten. Vor dem Baumstamm setzte sie sich nieder, atmete leise ein und aus und verharrte ansonsten völlig regungslos.

Herr Eichel hüpfte kurz vor Freude. Dann glitt er sanft hinab, kam wenige Meter vor dem Mädchen zum Landen und hopste vorsichtig näher, nicht ohne immer wieder mit schiefem Kopf zu prüfen. Da war sie, die Erdnuss. Aber nein, heute war es keine Erdnuss! Eine Himbeere lag vor ihm, rot und saftig, wie er sie am liebsten mochte! Überglücklich schnappte sein Schnabel, ein kurzer Blick in die Augen des Mädchens und auf und davon flog er. Erwin nutze den Moment, keckerte und kraxelte schnellen Schrittchens den Baum hinab. Das Mädchen lächelte, blieb aber lautlos und still. Erwin kam näher, hüpfte über ein Bein. Da war noch eine Himbeere! Schwups huschte auch er in den Wald. Das Mädchen verschwand so still wie es gekommen war.

Die Schule der stillen Begegnung, sie ist überall, in einem
Buch, einer Geschichte oder genau dort, wo wir gerade sind.
Wo bist du gerade?

ENDE dieser Geschichte

Anfang von...

Teil 2: MEDITATIONEN

Sternenstaub-Meditation

(mit Tier, geeignet für Kinder und Erwachsene)

Hinweise:

- Die Sternenstaub-Meditation eignet sich auch für Kinder. Spielerisch werden sie an die Meditation, einen stillen Geist, feines Spüren und achtsames Wahrnehmen von Tieren herangeführt. Die Imagination von Sternenstaub ist dabei ein Hilfsmittel. Du kannst es auch gegen andere Elemente wie Glitzerstaub oder ähnliches austauschen.

- Wenn das Tier, mit dem du diese Meditation machst, weggehen möchte, dann ist das völlig ok. Beobachte, ob deine Bewegungen es vielleicht aufgeschreckt haben? Dann versuchst du es das nächste Mal mit größerem Abstand und noch ruhiger. Vielleicht hatte das Tier aber auch gerade keine Lust, das ist auch ok. Man kann niemanden zum Entspannen zwingen. Es kann auch sein, dass das Tier die Meditation ganz wunderbar empfindet, irgendwann aber genug Sternenstaub aufgetankt hat und daher geht. Das ist natürlich auch völlig in Ordnung und du kannst dich für das Tier freuen.

- Streichle vor, während oder direkt nach der Meditation dein Tier nicht. Wenn es den Kontakt zu dir sucht, ist das aber völlig ok. Grund ist, dass Tiere in Entspannung sehr fein fühlen und durch Berührung leicht erschrecken können.

- Es geht bei der Meditation nicht darum, etwas zu erreichen, sondern etwas auszuprobieren und zu beobachten.

Sternenstaub-Meditation

Befindet sich in deiner Nähe ein Tier, welches gerade sitzt oder liegt? Stelle dir nun vor, der gesamte Raum oder alle Luft zwischen dir und dem Tier sei von einem feinem Neben aus Sternenstaub gefüllt. Je schneller du dich bewegst, um so mehr wirbelt der Staub auf. Je ruhiger du dich aber verhältst, um so ruhiger wird auch der Staub und fängt sogar an, ganz fein zu leuchten. Wird der Staub wieder aufgewirbelt, hört das Leuchten auf. Nun setz dich so vorsichtig wie möglich dort, wo du gerade bist, hin. Deine vordere Körperseite, Bauch und Brust sind zum Tier gerichtet.

Dein Ziel ist nun, so ruhig wie möglich zu sitzen, ohne den Sternenstaub aufzuwirbeln. Achte dabei auf deinen Atem. Du brauchst weder den den Atem anhalten, noch zu versuchen, besonders langsam zu atmen. Das ist gar nicht nötig. Lass deine Lunge und deinen Bauch ganz von selbst die Bewegungen machen und dann beobachte auch mal das Tier. Wo siehst du bei ihm die Atembewegungen?

Der Sternenstaub ist sowohl für dich als auch das Tier sehr angenehm und entspannend. Ein bisschen mehr könnte es noch sein. Darum stell dir nun vor, deine Augen wären wie ein Laser, mit dem du noch mehr Sternenstaub vom Himmel auf die Erde beamen kannst. Damit du aber nicht sofort wie mit einem Laser das Tier beschisst, suche dir einen ausgedachten Punkt vor dir auf dem Boden und stelle dir dann vor, du würdest mit deinen Augen nun den Sternenstaub aus dem Himmel hier auf die Erde strahlen. Wie ein Wasserstrahl kommt nun mehr und mehr Sternenstaub hinzu. Damit es nicht zu viel wird und der Strahl nicht alles wieder aufwirbelt, entspanne nun wieder deine Augen. Nun muss sich der Staub wieder beruhigen. Darum sitzt du nun wieder einfach nur still und beobachtest das Tier. Stell dir vor, die feinen Staubpartikel werden in der Luft immer ruhiger und ein paar landen auf dem Fell, wo sie ganz fein anfangen zu leuchten. Wie fühlt sich das wohl für das Tier an? Beobachte einfach mal das Tier. Stell dir nun vor, die Sternenteilchen landen auch ganz fein auf deiner Haut und fangen fein an zu leuchten. Wie fühlt sich das für dich an.

Bleib noch eine Weile so sitzen, spüre dich, beobachte das Tier und den Sternenstaub. Dann kann du ganz langsam und so vorsichtig, dass der Sternenstaub weiter leuchten kann und nicht wieder aufgewirbelt wird, aufstehen. Bewege dich nun langsam von dem Tier weg.

Notfallmeditation

Bei der Notfallmeditation geht es darum, möglichst schnell aus einem starken Gedankenkreisen oder starken Emotionen zur Gedankenruhe zu kommen. Diese Meditation ist für dich alleine gedacht. Wenn dein oder irgendein Tier sich dabei zu dir gesellt, dann lass es einfach zu.

Ziel ist es, die Aufmerksamkeit des aufgewühlten Geistes auf ein anderes Objekt zu lenken und gleichzeitig Körper und Geist wieder zu vereinen. Beim Gedankenkreisen verlieren wir oft die Synchronität mit dem Körper, der Atem wird flach, die Muskeln verspannen. Wir lenken bei der Notfallmeditation den Geist auf etwas sehr simples, was noch möglich ist: das Zählen. Dies tun wir gleichzeitig mit dem Atem, wobei dieser in seiner eigenen Geschwindigkeit kommen und gehen darf.

Nun zählst du bei jedem Atemzug eine Zahl. Wir zählen von 1 bis zur 10 und fangen dann wieder bei 1 an.
- Einatem: eins
- Ausatmen: zwei
- Einatmen: drei
- Ausatmen: vier
und so weiter, bis zur zehn und dann wieder mit eins beginnen.
Wenn du versehentlich weiter gezählt hast, beginne einfach wieder bei eins.

Sobald du merkst, dass deine Konzentration sich auf das Zählen richtet und dir dies gelingt, wandelst du die Meditation leicht ab. Du zählst nun nur noch die Zahl beim Ausatmen. Beim Einatmen machst du nichts außer atmen.

- Einatem: nichts
- Ausatmen: eins
- Einatmen: nichts
- Ausatmen: zwei

Es geht wieder bis zur zehn und beginnt dann erneut mit eins. Dies ist nun schon etwas anspruchsvoller, da die Stille zwischen den Gedanken größer wird. Beginnt nun wieder das Gedankekreisen, kannst du auch wieder zur ersten Variante übergehen.

Wenn dir das Zählen mit dem Atem immer besser gelingt, konzentriere dich nun noch gleichzeitig auf einen imaginären Punkt etwa eine Handbreit unter deinem Bauchnabel. Halte diesen Punkt während jedem Atemzug und während jeder Zahl. Du sammelst so den Geist auf deine Körpermitte, was dich vom Kopf zurück zu deinem Zentrum bringt. So können Körper und Geist wieder als Einheit gespürt werden.
Probier es mal aus. Gelegenheiten gibt es sicher im Alltag genug.

die Nicht-Meditation

Ziel dieser Meditation ist es, nicht meditieren zu wollen. Wozu soll das gut sein, magst du dich fragen?

Mit Hilfe des kleinen Tricks, nicht meditieren zu wollen, können wir in ein reines Spüren kommen und die sogenannte Stille, eine mystische Erfahrung, wahrnehmen.

Setz dich hierfür an einen Platz, bleib regungslos und lasse Atem und Geist einfach selbstständig arbeiten. Du bleibst einfach nur sitzen, das ist die einzige Aufgabe. Dabei versuchst du, NICHT zu meditieren. Bleibe so für ca. 10 Minuten.

Hintergrund:

Vielleicht ist dir schonmal aufgefallen, dass es viele verschiedene Meditationen gibt? Einige stelle ich dir hier vor, wobei sie nur rudimentär und stark vereinfacht beschrieben sind.

- *Geführte Fantasiereisen*: Hier stellt man sich etwas vor. Der Geist wird dabei auf die Geschichte gelenkt und durch die Imagination verändert sich das Körpergefühl. Danach fühlt man sich meist entspannt, weil man zum einen nicht aktiv etwas tun muss und zum anderen, weil der Geist nicht mit seinen üblichen Themen beschäftigt ist, da er ja an der Geschichte haftet. Doch in das Spüren der Stille kommt man hier nicht.

- *Analytische Meditationen*: Der Geist wird zunächst mittels verschiedener Techniken fokussiert. Dann konzentriert er sich auf ein bestimmtes Thema.

- *Kontemplation*: Diese aus der christlichen Mystik stammende Form der Meditation führt in die Versenkung und das Eins-Werden mit dem, was auch Gott genannt wird. Dabei wird aber immer noch das Ich wahrgenommen, welches einem Du, in dem Fall Gott, gegenüber steht. Mit der Zeit verschmelzen beide immer mehr und das Ich löst sich in Gott auf, bleibt aber nur ein Teil hiervon und ist nicht gleichzusetzen mit dem Göttlichen, welches unerfassbar größer ist.

- *Tantra-Meditation*: Aus dem tibetischen Buddhismus stammende Meditation, bei der zunächst Mandalas oder Buddhas visualisiert werden, um damit zu verschmelzen und diese am Ende wieder aufzulösen. Hier wird am Ende durch das Auflösen die Stille wahrnehmbar.

- *Zen-Meditation*: Hilfsmittel wie Atemzählen oder Atemwahrnehmung führen zu einer Sammlung des Geistes. Mit der Zeit wird immer weniger gemacht. Von der fokussierten Punktmeditation kommt der Meditierende zu einem offenen Gewahrsein, in dem er sein Ich und das Gefühl für Körpergrenzen ganz auflöst. Die Stille wird ähnlich wie in der Kontemplation wahrgenommen, nur dass hier kein Ich einem Du gegenübersteht.

- *Achtsamkeitsmeditation*: Die Sinne werden im Außen verankert und die Umgebung wird sehr intensiv im Hier und Jetzt wahrgenommen, ohne allerdings zu analysieren oder zu werten. Das reine Spüren in der Stille steht im Vordergrund.

- *Achtsame Körpermeditation*: Zum Beispiel die mindfulnes based stress reduction (MBSR) gehört dazu. Körpergefühle werden wertfrei wahrgenommen und akzeptiert. Der Körper wird mit dem Geist systematisch abgescannt. Ziel ist Entspannung und vermindertes emotionales oder körperliches Leid. Um das Wahrnehmen der Stille geht es hier allerdings nicht. Durch die ständige Beschäftigung des Geistes auf die Körperempfindungen, sind mystische Erfahrungen eher unwahrscheinlich.

Zugegeben, Meditation kann sehr sinnvoll zum Beobachten des Geistes sein. Wenn wir erkennen, was dieser die ganze Zeit tut, können wir irgendwann auch wahrnehmen, wann wir ihm nicht folgen müssen. Automatismen werden durch bewusste Entscheidungen, unbewusste Projektionen durch bewusstes Wahrnehmen ersetzt. Gezielte Meditation kann den Geist fokussieren oder weit werden lassen, um in bestimmte Bewusstseinszustände zu kommen. Das kann je nach Absicht in Ordnung sein. Diese Zielsetzungen bringen uns aber sehr leicht zu der Versuchung, dass wir eine bestimmte Erwartung haben, was am Ende der Meditation erreicht werden soll.

Was bringt einem denn nun das **Nicht-Meditieren**? Oftmals stehen uns Erwartungen und Ziele im Weg. Viel zu oft soll die Meditation zu etwas dienen. Häufig wird nach einem potentiellen Nutzen gesucht. Mit Meditation muss man doch etwas erreichen können, Entspannung, Stressresillienz, Erleuchtung, schöne Gefühle, Frieden, Gott erfahren oder dergleichen. Doch was, wenn der eigentliche Sinn der Meditation keiner ist?

Wieso ist es eigentlich so, dass wir uns nichts sehnlicher zu wünschen scheinen, als entspannt im Urlaub nichts zu tun? Wenn wir dies aber genau hier und jetzt zuhause haben können, kommt Abwehr dagegen hoch? Wie oft sagen Menschen, sie könnten nicht meditieren? Vermutlich stimmt es auch und das wäre doch ganz wunderbar, denn sie bräuchten gar nicht meditieren, sondern einfach nur sitzen. Das einzig schwere dabei ist, gleichzeitig regungslos und wach zu bleiben. Zu oft hat unser Körper den Automatismus gespeichert, dass Ruhe und Bewegungslosigkeit gleichzusetzen ist mit Schlaf. Das ist unsere einzige Herausforderung. Interessanterweise gelingt vielen Menschen dieser Zustand beim Fernsehen und sie bleiben aufmerksam und wach bei gleichzeitiger Regungslosigkeit. Fehlt uns aber etwas, was die Aufmerksamkeit lenkt und wach hält, wissen wir nichts damit anzufangen. Einfach nur da sitzen. Wozu soll das gut sein? Zunächst Mal ist es für nichts gut. Aber wäre das so tragisch? Wieviel sinnlose Dinge tun wir noch so über den Tag? Da wird ein bisschen Herumsitzen und Nichtstun vielleicht doch möglich sein?

Probiere doch mal aus, für 10 Minuten einfach nur dazusitzen. Lass dabei den Geist machen, was er will und spüre nur deinen Körper und das, was dich umgibt.

Meditation der stillen Begegnung

In dieser Meditation geht es um das gegenseitige Spüren mit einem Tier in der Stille. Um in diesen Zustand zu kommen, hilft die Vorstellung - das Imaginieren. Der Kopf unterscheidet dabei nicht, ob das Vorgestellte wahr oder ausgedacht ist und lässt so automatisch das mit der Vorstellung verbundene Gefühl im Körper entstehen. Imaginieren ist somit ein Hilfsmittel. Wenn du statt eines bestimmten Bildes wie Licht, lieber etwas anderes vorstellen möchtest, dann probiere es einfach aus. Erlaubt ist, was in den gewünschten Zustand führt.

Zur Meditation:

Setze oder stelle dich in die Nähe eines Tieres, so nah oder weit weg, dass das Tier entspannt bleibt. Solltest du irgendeine Anspannung im Körper des Tieres wahrnehmen, vergrößere den Abstand.

Dann stelle dir vor, wie von deinen Beinen und Füßen lange Wurzeln, wie die eines Baumes, in die Tiefe der Erde hinabwachsen und dir halt geben.

Mit den Augen blickst du entspannt in die Landschaft. Das Tier bleibt in deinem Blickfeld. Lasse deinen Blick weich und weit werden.

Stelle dir nun beim Einatmen vor, wie ein Lichtstrahl von tief aus der Erde durch deinen Körper, die Beine, den Bauch bis zum Herz aufsteigt und sich dort ausbreitet.

Beim Ausatmen strömt der Lichtstrahl auf dem gleichen Weg zurück in die Erde.

Nehme beim Ausatmen zusätzlich den Raum um deinen Körper wahr.

Lasse deinen Geist um deinen gesamten Köper, auch um den Kopf, weich und ganz weit werden.

Stelle dir vor wie das Licht passiv durch deine Hautoberfläche nach außen strahlt. Dies passiert ganz von allein, stelle es dir nur vor und lasse es geschehen.

Deine Aufmerksamkeit ist die ganze Zeit zeitgleich bei der Übung und bei dem Tier. Nehme das Tier aber nur wahr. Beabsichtige nichts bestimmtes. Spüre nur und schaue das Tier dabei mit weichem Blick an. Sollte dein Blick dem Tier unangenehm sein, richten ich leicht neben es, so dass es sich nicht beobachtet fühlt.

Wenn das Tier es zulässt, dann schaue auf sein Fell und auf seine Atembewegungen. Versuche zu spüren, wie sich das Tier fühlt. Mache dies nur kurz und nur so lange, wie es dies angenehm findet und entspannt bleibt. Wechsel dann wieder zum Atmen und Imaginieren, wie das Licht bei jedem Atemzug von der Erde ins Herz und wieder zurück zur Erde fließt und spüre dann wieder den Raum um deinen Körper und deine Hautoberfläche, durch die Licht fließt.

Finde deinen eigenen Rhythmus:

- den Wechsel von Anschauen und Spüren des Tieres

- zu Atmen, Imaginieren und den eigenen Körper spüren.